# LA VRAYE DIDON,
## OV LA
# DIDON,
# CHASTE.
# TRAGEDIE.

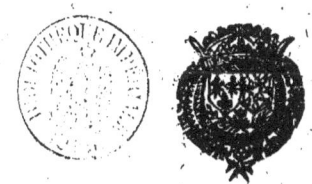

A PARIS,
Chez Toussainct Qvinet, au Palais, sous la
montée de la Cour des Aydes.

M. DC. XLIII.
*AVEC PRIVILEGE DV ROY.*

## EXTRAICT DV PRIVILEGE.

PAr grace & Priuilege du Roy, donné à Paris le 21. iour de Iuillet 1642 signé, par le Roy en son Conseil, LE BRVN. Il est permis à Toussaint Quinet, Marchand Libraire à Paris, d'imprimer, ou faire imprimer, vendre & distribuer vne piece de Theatre intitulée, La vraye Didon, ou la Didon chaste, Tragedie de M. de Bois-Robert, & ce durant le temps de cinq ans, à compter du iour que ladite piece sera acheuée d'imprimer. Et deffenses sont faites à tous Imprimeurs & Libraires d'en imprimer, vendre & distribuer d'autre impression que de celle qu'aura fait faire ledit Quinet, ou ses ayans cause, sur peine aux contreuenants de mil liures d'amende, confiscation des exemplaires, & de tous les despens, dommages, & interests, ainsi qu'il est plus au long porté par lesdites lettres, qui sont en vertu du present Extraict tenuës pour deuëment signifiées.

Acheué d'imprimer le 10. Decembre 1642
Les Exemplaires ont esté fournis.

# ENTRE-PARLEVRS

| | |
|---|---|
| HYARBAS. | Roy de Getulie. |
| DIDON. | Reyne de Carthage. |
| PYGMALION. | Prince de Tyr, & Frere de Didon. |
| ANNE. | Sœur de Didon. |
| NARBAL. | General de l'armée de Didon. |
| FORBANTE. | Frere d'Hyarbas. |
| ASTART. | Lieutenat general de Pygmalion |
| FENICE. | Fille d'honneur de Didon. |
| ARGAL. | Officier de l'armée de Didon. |
| BARCIS. | Officier de la ville de Carthage. |

La Scene est entre les Tentes de
Didon & d'Hyarbas, à la
veuë de Carthage.

# A
# MADAME
# LA COMTESSE
# DE
# HARCOVRT.

**M**ADAME,

Si c'estoit icy cette Didon fabuleuse que Virgile a si mal traittée, que pour la des-honorer en beaux termes, il a bien voulu confondre les temps & se mesconter de trois

* ij

cens années; quoy que ie connoisse euide-
ment l'injustice de son accusation, & que
dans toutes les histoires ie la trouue aussi
innocente qu'elle estoit belle; ne croyez pas
s'il vous plaist, que ie vous l'eusse presentée,
ny qu'elle eust osé sous ma conduite, vous
aborder auec vn soupçon de crime, de crainte d'offencer la pureté de vostre vertu. C'est,
MADAME, la veritable Didon que ie
vous presente, cette Didon chaste & genereuse qui dans les violentes recherches du
plus puissant Roy d'Affrique, ayma mieux
se donner la mort que de manquer à la fidelité qu'elle auoit promise aux cendres de son
Espoux. C'est en vn mot la Vertu que ie
presente à la Vertu mesme. Et certainement,
MADAME, celle que cette grande Reine a si hautement praticquée, me semble si
digne de l'honneur de vostre protection que
si vous daignez la regarder d'vn œil fauorable, ie ne doute point que vous ne confon-
diez en vn moment l'erreur & la calomnie de
plusieurs siecles, & qu'aujourd'huy vous ne
là r'establissiez pleinement en tous ses hon-
neurs. Receuez-la donc, MADAME, auec

autant de bonté qu'elle vous tesmoigne de
confiance, soustenez hardiment son innocence opprimée, protegez-là hautement,
puis qu'il est constant qu'elle n'a rien fait qui
la rende indigne de l'honneur de vos bonnes
graces, & s'il est mesme besoin d'employer
en sa faueur ce genereux Conquerant dont
vous faites l'illustre moitié, ne craignez pas
de la mettre au rang des Princesses affligées,
qu'il a si glorieusement secourües. Ie confesse,
MADAME, qu'elle vous est recommandée
par vn mal-heureux qui n'a pas moins besoin
qu'elle de l'honneur de vostre appuy, & qui n'a
pas esté plus fauorablement traitté de la calomnie, mais que cette consideration n'arreste pas vostre charité genereuse, vous nous
pouuez sauuer l'vn & l'autre par vn mesme
trait de bonté, vous pouuez mettre aisément
à couuert sous vne mesme protection l'Autheur & l'Ouurage tout ensemble. Comme
il est impossible que Didon soit iamais soup-
çonnée d'impudicité quand on sçaura que vous
l'auez bien receuë, & que vous auez souffert
qu'elle mist son honneur entre vos mains. Ie
ne croy pas que la mesdisance & l'énuie qui

m'ont ſi cruellement deſchiré iuſques icy s'o-
ſent deſormais attaquer à moy quand on con-
noiſtra que i'ay quelque part à l'honneur de
voſtre bien-veillance, & que ie ſuis verita-
blement,

# MADAME,

Voſtre tres-humble, & tres-
obeïſſant ſeruiteur,

## BOISROBER,
*Abbé de Chaſtillon.*

# LA VRAYE DIDON.

### OV LA

# DIDON
## CHASTE
# TRAGEDIE.

## ACTE PREMIER.
## SCENE I.

DIDON. ANNE.

ANNE.

ENfin ie ne ſçay plus ny d'art, ny de remede,
Qui puiſſe diuertir l'ennuy qui vous poſſede,
Madame, qu'auez vous, & quel eſt ce poids,
Qui ſemble à contretans troubler voſtre raiſon?
Ayant veu ce matin tous les gens de mon frere,
Et les voſtres encor reſolus à bien faire,

A

Vous paroissiez si gaye, & sembliez conceuoir
Du guain de la bataille vn infaillible espoir,
Vous rentrez cependant plus triste & mescontente,
Que vous n'estes sortie auiourd'huy de la tente.
Lors que vous estiez seule, & sans autre secours,
Que celuy de ces murs & de ces fortes tours
Dans Carthage enfermée; & quasi toute preste
D'estre d'vn ennemy la fatale conqueste;
(Si charmé comme il est de vos diuins appas,
On peut nommer ainsi l'Amoureux Hyarbas)
Ie ne m'estonnois point qu'vne telle fortune,
Vous donnast du chagrin, & vous fust importune;
Mais Madame, à present qu'estant en liberté,
Vous voyez que tout veille à vostre seureté,
Que vingt mille soldats qui soustiennent la guerre,
Vous asseurent par tout & la mer & la terre,
Qu'Hyarbas vous redoute, & paroist estonné
Du grand secours de Tyr par mon frere emmené;
Deuez-vous pas bannir cette humeur importune,
Et changer de visage en changeant de fortune?

## DIDON.

Ma sœur ne doutez pas qu'vn si rare bon-heur,
Ne fust doux, agreable, & sensible à mon cœur:
Si ce puissant secours qui m'est si necessaire,
Pouuoit m'estre venu d'ailleurs que de mon frere.

Pygmalion pour moy n'a bonté ny respect,
En vn mot son voyage en ce lieu m'est suspect.
Les maux que m'a causez, ce frere detestable,
M'empeschent d'en attendre aucun bien veritable.
Le songe que i'ay fait cette nuit en dormant,
Accroist ma deffiance encore infiniment.
Il m'a semblé ma sœur, qu'auec toute sa suitte,
Il m'auoit ce matin dans le Temple conduittes
Et qu'aprochant l'Autel, i'ay veu deuant mes yeux,
Mon cher Espoux Sychée assis au rang des Dieux,
Ie voyois en son air vn changement extresme,
Il n'auoit rien de luy, c'estoit pourtant luy-mesme,
Car à la Maiesté qui brilloit dans son port,
Par vn secret instinct ie l'ay connu d'abord,
Mais toute autre que moy ne l'eust peu reconnestre;
Mon frere, au mesme instant que ie l'ay veu parestre,
Me tirant vers l'Autel par force deuant tous,
Ie vous rends, ma t'il dit, à vostre cher Espoux,
Ie vous rends à Sychée: apres cette parole,
Il m'a semblé de veoir cette agreable Idole
Ouurir ses tendres bras vers vn obiet si cher,
Ie me suis esueillée en pensant le toucher.
Sans que ie puisse dire Anne par qu'elle voye,
Si c'est d'estonnement, ou bien si c'est de ioye,
Mais i'estois toute en pleurs, & ie n'ay peu bannir
Encore de mon cœur, ny de mon souuenir

                                    A ij

Cette image importune, & pourtant agreable,
Qui charmoit vainement mon esprit miserable.

ANNE.

Si i'auois quelque esgard à cette illusion,
Ie dirois qu'elle apprend, qu'vn iour Pygmalion
Vous mettra dans les bras de quelque autre Sychée.

DIDON.

Ie suis trop constamment à mes vœux attachée,
Les sermens solemnels que i'ay fais deuant tous,
De ne subir iamais les loix d'vn autre Espoux,
Ne me permettent pas au deüil qui me transporte,
De pouuoir explicquer mon songe de la sorte.
Ah! ie crains bien plustost qu'il ne soit de ma mort
Vn augure infaillible, & qu'vn si mauuais sort
Ne me soit procuré par-ce frere barbare,
Qui feint d'auoir pour nous vne amitié si rare.

ANNE.

Le croirez-vous tousiours capable d'attenter
Des crimes contre vous, ou bien d'en mediter,
Sans autre fondement ny preuue que des songes,
Qui troublent vostre esprit trôpé par leurs mensonges.
Vous le voyez venir prompt à vostre secours,
Cependant vous craignez qu'il n'abrege vos iours,

Aussi peu iustement, que la mort de Sychée,
A ce Prince innocent par vous est reprochée.

### DIDON

Iugeant de l'auenir par mes mal-heurs passez,
Ma sœur ie doy tout craindre.

### ANNE

Ah Madame cessez
De vous gesner l'esprit, & d'augmenter vos peines
Sur des songes trompeurs, sur des chimeres veines,
Qui vous ont des-ia fait abandonner vos ports,
Quitter vostre heritage, emporter vos tresors,
Et venir en ce lieu comme dans vn Azile
Ietter les fondemens d'vne nouuelle ville.

### DIDON

N'appellez point chimere vn pur aduis des Dieux,
Qui m'a fait quitter Tyr pour venir en ces lieux.
Non, non, ie ne fus point par vn songe deceuë,
Vn fantosme trompeur n'abusa point ma veuë.
Quand cét Espoux charmant pour qui i'eus tant d'a-
Apparut deuant moy ma sœur, il estoit iour. [mour,
Ie vy les yeux ouuers sa playe encore sanglante,
Et i'appris de sa voix qui paroissoit mourante,
Que la dent du sanglier ne le fit point mourir,

A iij

*Mais l'épieu du cruel qui nous vient secourir.*
*Enfin ma vision alors vous sembla vraye,*
*Dites vous pas vous mesme ayant veu cette playe,*
*Qu'elle venoit plustost de quelque large fer,*
*Que de ce monstre affreux qu'auoit vomy l'Enfer?*
*Vous crustes ce forfait qui seul vous a reduitte*
*A vous rendre en ce lieu compagne de ma suitte.*

ANNE.

*L'amour m'attache à vous, & iusques à la mort,*
*Quoy qui puisse arriuer ie suiuray vostre sort:*
*Mais auiourd'huy mon frere, ainsi que ie l'estime,*
*Se iustifie assez de cét enorme crime;*
*Pour vous seruir Madame, il a tout hazardé,*
*Au seul bruit de la guerre, & sans qu'on l'ait mandé,*
*Il equippe vne flotte, il combat en personne,*
*Pour chasser de vos murs l'ennemy qui s'estonne:*
*Bref tout ce qu'il a fait, tout ce qu'il a tenté,*
*Monstre qu'il n'a pour but que vostre Maiesté,*
*Sans luy cette cité iusqu'au Ciel esleuée*
*S'en alloit demolie auant qu'estre acheuée.*
*Sans luy vous alliez veoir vn ennemy puissant,*
*Destruire vostre Empire à peine encor naissant.*

DIDON.

*Croyez que ce n'est point par amour qu'il me porte,*

C'est pour son interest qu'il agit de la sorte,
Il croid par son secours estouffer son forfait,
Et couurir le soupçon du meurtre qu'il a fait.
Il a craint que perdant l'Empire de Cartage,
Ie retournasse à Tyr chercher mon apanage,
Et l'auare qu'il est s'est peut-estre aduisé,
Que venant le plus fort, il luy seroit aisé
D'enleuer mes tresors, pour lesquels ce perfide
Massacra mon espoux de sa main parricide:
Mais que i'ay tous sauuez auec moy dans ce port,
Sur l'aduis que de luy i'en eus après sa mort.

ANNE.

Madame croiez mieux de l'esprit de mon frere,
Et iugez du passé, par ce qu'il vient de faire;
Mais si vous ne pouuez quitter ces visions,
Que des songes trompeurs & pleins d'illusions
Iettent dans vostre esprit plein de melancolie,
Consentez à l'Hymen du Roy de Getulie,
Maintenant qu'il n'a plus d'aduantage sur vous,
De vostre propre gré faites en vostre espoux,
Et tâchez d'obliger ce Prince redoutable
Par vne affection & franche, & veritable.
C'est vn moyen bien doux, & bien facile aussi,
Pour vous guerir l'esprit de crainte, & de soucy.

### DIDON.

Ma sœur quãd vous sçauriez en effect que mes char-
L'auroient seuls obligé de prendre icy les armes, (mes,
Comment proposez-vous cet hymen odieux
Qui blesse ma constance, & qui fache les Dieux?
Souuenez vous des vœux où ie suis attachée,
D'estre à iamais fidelle à l'ombre de Sychée,
La vefue d'œn Heros digne de nos Autels
Ne sçauroit plus auoir dessein ponr les mortels
Non, m'en deut-il couster la couronne & la vie,
Il ne me prendra point vne si lasche enuie.
Mais quand ie me verrois capable dans ce iour
De la tentation d'vne seconde amour,
De celle d'Hyarbas ie serois incapable,
Ie ne sçaurois le veoir, il m'est insuportable.
Quand il quitta sa pompe, & cacha sa grandeur,
Pour me voir sous le nom de son Ambassadeur,
Chose estrange ma sœur, i'eus pour luy de l'estime,
Son abord fut charmant, son discours magnanime,
Mais si tost qu'il m'eut fait connoistre son dessein,
Vne secrette horreur se glissa dans mon sein,
Ie me sentis pour luy de mespris toute pleine,
I'abhorré son amour qui fit naistre ma haine,
Et dans son fol dessein le voyant affermy,
Ie l'ay consideré comme vn fier ennemy.

Qui n'arme insolemment qu'à dessein de me nuire,
Qui trouble mes estats, & cherche à me destruire.
Enfin ie pourrois perdre, & la crainte des Dieux,
Et l'amour de Sychée ; & le respect des Cieux,
Que ie ne perdrois pas la haine insatiable,
Que i'ay pour ce Tyran qui m'est insupportable.
Son Amour me la donne, & sa noire fureur,
L'accroist, & l'authorise encore dans mon cœur.

ANNE.

Estrange sentiment ô l'aueugle manie !
Le respect passe donc en vous pour tyrannie.
Donc, mais mõ frere arriue, & sans ce prompt abord,
Pour vous desabuser j'aurois fait vn effort.

DIDON.

Ah ! ma Sœur, ie le voy ce fleau de ma pensée,
Tout tel qu'il m'a semblé le voir la nuit passée,
I'ay tout le cœur de glace : Ah ! ma sœur, ie fremy,
I'ay peine à le souffrir plus que nostre ennemy.

ANNE.

Ne vous emportez pas à faire aucun reproche,
Contraignez-vous vn peu, le voilà qui s'approche.

B

# SCENE II.

DIDON. ANNE. FENICE. PYGMALION.
ASTART.

### PYGMALION.

IE vous viens aduertir, Madame, qu'Hyarbas
Desire pour vn peu mettre les armes bas.
Sa demande, apres tout, ne va qu'à nostre gloire,
Car cette surceance, apres nostre victoire,
Est pour faire enterrer ses morts que le Destin
A renuersez par terre au combat du matin.
Vne autre grace encore est par luy demandée,
Que i'ay, la trouuant iuste, aussi-tost accordée.
De faire vne entreueuë, afin de proposer
Quelques moyens de paix qu'on ne peut refuser,
I'ay donné pour cela les ordres necessaires,
Et i'ay fait seurement pouruoir à nos affaires;
Mais sans rien terminer, que vostre Majesté
Ne m'ait fait sur ce poinct sçauoir sa volonté.

### DIDON.

Pourquoy cette entreueuë? Ah que ie l'apprehende,
S'il ne peut rien auoir de tout ce qu'il demande.

Pour moy, ie veux sur tout qu'il r'entre en ses Estas,
Et ie croy sermement qu'il ne le fera pas.

### PYGMALION.

Que sçauez-vous, Madame, il faut qu'on le côtente,
Iamais vn ennemy battu qui parlemente,
Ne doit estre esconduit,

### DIDON.

Allez, mon frere, allez,
Il y faut consentir, puisque vous le voulez,
Sur tout des ennemis éuitez la malice;
Car le Getulien est tout plein d'artifice.

# SCENE III.

## PYGMALION. ASTART.

### PYGMALION.

Quelle est triste bons Dieux! d'où luy vient cét
ennuy,
Qui fait qu'elle reçoit froidement son appuy.
Celuy seul qui luy rend la Fortune prospere,

ASTART.

Ie croy voir Hyarbas qui sort auec son frere,
Hors de ses pauillons.

PYGMALION.

Tu ne te trompes pas,
C'est luy-mesme auançons, il tourne icy ses pas.

# SCENE IV.

PYGMALION. ASTART. HYARBAS.
FORBANTE.

### HYARBAS.

MA saine intention vous estant inconnuë,
I ay d'vne extreme ardeur cherché cette en-
Pour l a iustifier auec tous mes desirs,      (treueuë,
Pour vous conter ma peine & tous mes déplaisirs,
Pour vous ouurir mõ ame, & vous rendre peut-estre,
Partisan de ce cœur dont Amour est le maistre,
Ne vous estonnez pas, vaillant Prince de Tyr,
Vous pouuez m'obliger sans vous en repentir.
Vous pouuez aujourd'huy me secourir sans peine,
Et sans abandonner l'interest de la Reyne,
En me võyant armé puissamment comme vous,

Combattre auec ardeur, aller moy-mesme aux coups,
Vous croyez que la guerre est le but où i'aspire;
Mais, helas! c'est l'amour de Didon qui m'attire,
Et son trop de rigueur m'oblige seulement
A parestre ennemy, n'estant que son amant.

PYGMALION

Ie confesse, ô grand Roy, qu'injuste dans mon blâme
I'ay fort mal expliqué iusqu'icy vostre flâme,
I'ay pris cette recherche & cette passion,
Pour vn pretexte pur de vostre ambition;
I'ay creu feignant l'Amant, que sous ce titre auiuste,
Vous n'estiez en effet qu'vn tyran tres-injuste,
Qui vouliez de Carthage estre seul possesseur,
Et par force vsurper l'empire de ma sœur.

HYARBAS

Ie ne viens point heurter d'vne main insolente,
Ie viens pour affermir sa couronne tremblante,
Ie ne viens point rauir son empire naissant,
Ie viens luy faire don d'vn autre plus puissant,
Ie m'offre a deuenir moy-mesme sa conqueste,
I'arrache ma Thyare, & la mets sur sa teste,
Qu'elle meine en triomphe vn Prince qu'elle craint,
Et qu'elle a iusqu'au cœur mortellement atteint,
Quand ie la vis puissante autant qu'elle estoit belle,

B iij

Ie fus contraint de faire alliance auec elle,
Sous ces conditions qu'elle donnast sa foy,
De ne porter iamais les armes contre moy,
Comme il fallut traitter auec cette orgueilleuse,
Qui de tous ses voisins estoit victorieuse
I'y fus moy-mesme helas, sous le nom emprunté,
De mon Ambassadeur, & ie vis sa beauté,
Ie la vis c'est tout dire, & l'esclat de ses charmes,
Me fit rendre le cœur aussi-tost que les armes,
Elle y fit par ses yeux dont le feu me rauit,
Ce qui fit sa valeur sur ceux qu'elle asseruit.    [tyre,
O Dieux, dis ie en moy-mesme au fort de mon mar-
Si ceux qu'elle a vaincus ont veu ce que j'admire,
Ie ne m'estonne plus qu'épris de ces objets,
De Princes qu'ils estoient, ils se soient faits sujets,
Ie me voüé dés l'heure en victime eternelle,
A sa rare beauté que ie crus immortelle,
Et comme elle venoit de me donner sa foy,
De ne porter iamais les armes contre moy,
Souuenez-vous, luy dis-je, en me faisant connestre,
Que ie viens en sujet, mais que ie suis le maistre,
Que i'accepte la foy que ie reçoy de vous,
Et que c'est Hyarbas qui s'offre pour espoux.
A ces mots, vn beau sang au visage luy monte,
Cette foy, me dit-elle, en rougissant de honte,
Tend à ne pas porter les armes contre vous,

I'ay fait vœu de mourir veufue de mon Espoux.
Vous me manquez desia, respondis-ie, cruelle,
Vous faites à mon ame vne guerre mortelle:
Et ces mots proferez auec tant de rigueur,
Sont autant de poignards qui me percent le cœur.
Ie voulois dire plus, mais changeant de langage,
La cœlere aussi-tost parut sur son visage;
Elle me renuoya tout triste, & tout confus,
Et me parut pourtant ciuile en son refus:
Mais ie reconnus bien qu'elle estoit à la gesne,
Et qu'enfin mon amour faisoit naistre sa haine.
Ie sortis de Carthage, où ie laissay mon cœur
Bié comme vn captif au char de son vainqueur.
I'ay tout tenté depuis en ma recherche vaine,
I'ay tout fait pour fléchir cette superbe Reyne.
Quels vœux & quels respects n'ay-ie point témoignés,
Et quels puissans partis n'ay-ie point dédaignez,
I'atteste des grands Dieux la supresme puissance,
I'atteste Iupiter autheur de ma naissance,
Que ce n'est qu'à regret que ie me suis porté
A combattre contr'elle à toute extremité.
Encor m'est-il témoin que ie n'ay pris les armes,
Que pour les consacrer au pouuoir de ses charmes,
luy faire en dépit d'elle approuuer la vertu
D'vn genereux vainqueur à ses pieds abatu,
Mais quoy, le noble orgueil que son ame possede,

N'a peu souffrir en moy cét extresme remede,
Toutes les fois qu'aux siens i'ay donné de l'effroy,
Amour a combattu pour elle contre moy,
Son captif l'à tenuë en ses murs enfermée,
Où plus elle souffroit, plus elle estoit aymée,
Elle me croid iniusta, insolent, inhumain,
Pour les armes qu'Amour m'a mises dans la main.
I'adore tout ensemble, & combas la cruelle;
Ie n'ay iamais desfait ses troupes deuant elle,
Que ie n'aye poussé quelque souspir secret,
Et iamais cette main n'a vaincu qu'à regret.
Las! ie me consolois par l'espoir de luy rendre
Dedans peu beaucoup plus que ie n'aurois sceu prendre
De luy iustifier mes armes quelque iour,
En iettant à ses pieds la victime d'Amour,
En luy sacrifiant & le blasme & la gloire,
Le vaincu, le vainqueur, la perte, & la victoire:
Mais vous estes venu pour luy grossir le cœur,
Et pour continuer la guerre & mon malheur,
Vous rendez sa victoire & la mienne imparfaite,
Vous arrestez sa gloire empeschant sa défaite,
Pensant la secourir vous nous perdez tous deux,
Vous cherchez sa ruïne en secondant ses vœux.
Bref en luy conseruant la Ville qu'elle fonde,
On luy rauit l'Estat du plus grand Roy du monde.
Donnez-luy donc, grand Prince, vn vtile secours,
          Tâchez

Tâchez de faire naistre à l'honneur de vos iours,
D'vne saincte alliance, vne paix glorieuse,
Qui puisse estre à la Reine encore aduantageuse.

## PYGMALION.

Ce discours qui fait voir au vray le sentiment,
Et d'vn Roy genereux, & d'vn parfait Amant,
Fait qu'en plaignāt vos maux ie vous offre mō aide:
Mais i'ay peur que ce prompt & violent remede,
Que vous auez tenté pour amolir son cœur,
Ne l'endurcisse encor auec plus de rigueur.
Faictes-moy voir en quoy ie puis vous estre vtile,
Il n'est rien de si grand, rien de si difficile,
Qu'auiourd'huy ie ne tente, afin de faire voir,
Que sur Pygmalion vous auez tout pouuoir.

## HYARBAS.

Las ce que ie souhaitte est en vostre puissance,
Ie ne veux que la voir, donnez m'en la licence,
Faire encore éclatter mon amour à ses yeux,
Puis mourir à ses pieds, si ie suis odieux.

## PYGMALION.

A cette autre entreueuë on aura de la peine,
Didon a l'ame fiere, & superbe, & hautaine,
Ie l'obtiendray pourtant, & n'espargneray pas

C

Mes foins pour terminer les peines d'Hyarbas,
Rendez-vous dans vne heure en cette mefme pleine,
Et ie m'efforceray d'y conduire la Reine.

### HYARBAS.

O bonté fans exemple ! ô Prince officieux !
Vous rendez ma Fortune égalle au fort des Dieux.

# ACTE II

## SCENE I.

### HYARBAS, FORBANTE.

### HYARBAS.

E la reuerray donc cette belle ennemie ;
Qui fe rendit d'abord maiftreffe de ma vie
Qui d'abord, par vn œil fuperbement vain-
    queur,
Sans peine, & fans combat triompha de mon cœur.
Amour qui m'as foumis au pouuoir de fes charmes

Et qui m'as obligé seul à prendre les armes,
Prens icy ma deffence, Amour inspire moy
Des raisons pour la vaincre & la sousmettre à toy,
Comme tu m'as donné l'audace criminelle,
De declarer la guerre à cette ame cruelle,
Mais n'est-ce point vn songe? ô Dieux, la dois je voir?
N'aura-t'on point flatté mon mal d'vn vain espoir,
Puis-je?

### FORBANTE

N'en doutez plus, ayez l'ame contente,
Seigneur ie l'apperçoy qui sort hors de sa tente.

### HYARBAS.

Ie suis surpris, mon frere, ah! que ces yeux charmans
Font naistre en mon esprit d'estranges mouuemens,
Le plaisir de la voir de tant d'attraits pourueuë,
Le regret de la perdre en mesme temps de veuë,
Mes armes & ses traits, sa haine & mon amour,
Et la crainte & l'espoir m'agitent tour à tour,
Et ces cruels tyrans pleins de glace & de flame,
Veulent confusément regner tous dans mon ame.

### FORBANTE.

Retenez ces transports, Seigneur moderez vous,
Et ne faisons icy rien indigne de nous.

C ij

## SCENE II

DIDON, ANNE, PYGMALION, ASTART,
HYARBAS, FORBANTE.

### DIDON.

ENfin cette entreueuë est inutile & vaine;
Mon frere i'y consens auec beaucoup de peine.

### PYGMALION.

Sur tout traittez, Madame, auec honneur vn Roy,
Par qui vous possedez ces rampars que ie voy,
Et qui sont vostre azile, vn amant magnanime,
Dont nous trouuons les vœux dignes de vostre estime;
Vn ennemy puissant, difficile à dompter,
Terrible, & qui apres tout vous deuez redouter.
Il s'auance vers vous en Royal equipage,
Receuez-le, Madame, auec vn bon visage.

### HYARBAS.

Lors que ie me souuiens, objet rare & charmant,
Que ie vous ay seruie en qualité d'Amant,
Ie tremble de parestre à l'aspect de vos charmes;

Sous l'habit d'ennemy pour auoir pris les armes,
Si lors que ie n'ay pû pleurant à vos genoüs,
Paroistre qu'innocent prosterné deuant vous,
Vous n'auez peu souffrir l'aspect d'vn miserable,
Que ferez vous, Madame, en le trouuant coupable?
N'ay ie pas tout suiet de me desesperer,
D'offenser ces beaux yeux que ie veux adorer?
Mais ie parois encor amant à vostre veüe,
Et cette qualité que ie n'ay point perdüe,
Me doit iustifier dans vostre sentiment
De celle qu'auiourd'huy ie porte apparemment.

DIDON

Vous prenez, Hyarbas, pour tesmoigner vos flames,
Vne maniere estrange, & bien nouuelle aux Dames,
Vous venez pour monstrer quel est vostre pouuoir,
Pour me donner des loix, non pour en receuoir,
Enfin vous n'en voulez qu'à ma nouuelle enceinte,
Et témoignez icy moins d'amour que de crainte,
On a bien veu les Grecs dans les siecles passez,
Dans le rauissement d'Helene interessez,
Forcer vne cité, mais pour r'auoir la proye
Des mains du rauisseur qui se sauua dans Troye.
Et si iadis Enée eut de mesmes Destins,
Pillant & rauageant chez les peuples Latins,
Il le fit pour l'amour d'vne belle Princesse

C iij

Qu'vn riual disputoit & nommoit sa maistresse.
Mais vous, c'est contre moy que vous vous declarez,
C'est contre mon honneur qu'icy vous conspirez:
C'est moy que vous auez dans Cartage assiegée,
C'est ma terre qu'enfin vous auez rauagée,
Bref, ces glaiues trenchans par vous mis dans les
De vingt mille soldats insolens, inhumains: [mains,
N'en veulent qu'à mon sang, n'en veulent qu'à ma
C'est bien estre poussé d'vne bizarre enuie, [vie,
C'est employer pour plaire, & pour vous faire aymer
Tout ce qui vous doit faire & hayr, & blâmer.
Si vous voulez iamais mon ennemy paroistre,
Quels moyens aurez-vous pour le faire connoistre?
Si ce monstre d'amour que l'on deust estouffer,
Esclatte seulement par le feu, par le fer,
Par cent marques d'horreur qui me font tant de peine,
Que ne dois-ie pas craindre vn iour de vostre haine?
Ne vous estonnez point, ô puissant Hyarbas,
Si ie dy franchement que ie ne vous croy pas:
Et si ce faux Amour a ma haine excitée,
Ne m'en accusez pas, vous l'auez meritée.

### HYARBAS.

Pour iuger des forfaits qu'en moy vous abhorrez,
Regardez-en la cause, & vous m'excuserez:
Dire mon crime grand, c'est confesser que i'aime

D'vne amour infinie, & d'vne ardeur extresme,
Cét éclat de guerriers & d'armes sans pareil,
D'vne illustre recherche est l'illustre appareil.
Tous ces beaux pauillons plantez sur vostre terre,
Sont ornemens d'amour, plus qu'instrumés de guerre.
Ien'ay deffait vos gens que comme des ialoux,
Qui m'empeschoiét l'honeur de m'approcher de vous.
Et i'ay tousiours traitté ceux que ie tiens encore,
Comme les seruiteurs de celle que i'adore.
Ilsne sentent la guerre en mon camp glorieux,
Que par le déplaisir d'estre loin de vos yeux:
Mais helas! le vainqueur à mesme destinée,
Quand ie vous ay tenüe entre vos murs gesnée.
I'ay fait comme l'auare amoureux de son or,
Qui veille incessamment aupres de son tresor.   (dre,
Dieux! que ma crainte est iuste, & que ie suis à plain-
Que ne doy-ie entreprédre, & que ne doy-ie craindre,
Pour vn astre d'amour dont chacun suit la loy,
Que tous les Roys d'Affrique adorent comme moy.
Si mon amour ne peut excuser mon offense,
Veüillez considerer au moins ma repentance,
Pour obtenir de vous le pardon & la paix,
Mes offres auiourd'huy passeront vos souhais:
Ie vous accorde plus d'aduantage & de gloires,
Que ne vous en promet la plus grande victoire.
Relaschez tant soit peu de ce trop de rigueur,

Et vo° me defarmés, vous vainquez vn vainqueur,
Vous rendez auiourd'huy voftre gloire publique,
En triomphant d'vn Roy qui fait trēbler l'Affrique,
Qu'el Vniuers redoute, & qui dans fes ayeux
Peut conter le premier & le plus grand des Dieux.
Mais pour vous meriter i'ay trop peu de puiffance,
Il faut que mon amour furpaffe ma naiffance,
Et que ie faffe voir en tefmoignant ma foy,
Que par là feulement rien n'eft égal à moy.
Veuillez donc auiourd'huy pour voftre feule gloire,
En me donnant la paix vous donner la victoire,
Ou fi voftre rigueur qui vous charme & vous plaift,
Ne fe peut pas flechir cruelle comme elle eft,
Souffrez que par vn coup qui m'empefche de viure,
Ie finiffe la guerre, & que ie vous deliure
D'vn Amant que vos yeux ne peuuent fupporter,
Et que vous ne pouuez par force furmonter.

DIDON

Quand par vne foibleffe à mon fexe ordinaire,
Ie pourrois excufer ce qu'on vous a veu faire,
Et pardonner encore à voftre paffion
Tous les iuftes fuiets de mon auerfion,
Ie ne pourrois ceder à voftre amour extrefme,
Ny difpofer de moy, n'eftant plus à moy-mefme.
Ie vous ay defia dit que mon Efpoux & moy,

Iurâmes

Iurâmes l'vn à l'autre vne eternelle foy,
Sans qu'on pust violer la parole donnée,
Par le lasche projet d'vn second Hymenée.
I'en ay depuis sa mort repeté les sermens,
A ses Manes sacrez, tu sçais bien si ie mens
Fenice, & vous ma sœur, vous le sçauez encore,
Ie l'ay iuré cent fois à nos Dieux que i'adore.
Astart mesme est tesmoin de cette verité,
Et tous nos Tyriens n'en ont iamais douté.
Auriez vous bien l'audace en m'acquerant par force
De me persuader vn infame diuorce ?
Pensez vous que la mort qui nous a separez,
Ait détaché mon cœur des Manes adorez,
De mon diuin Espoux, cette foy mutuelle,
Rend de nos deux esprits l'vnion eternelle,
Ses restes que ie garde en vn vase enfermez,
Me tiennent lieu d'Espoux, & sont autant aymez,
Ie m'attache à son ombre, & ie rends à sa cendre
Tous les mesmes respects que i'aurois pû luy rendre.
Quoy me contraindrez-vous d'estre parjure aux
Infidelle à Sichée, impie enuers les Cieux ? (Dieux ?
Voudrez vous, Hyarbas, que Didõ pour vous plaire,
Commette vn sacrilege auec vn adultere ?
Que pour flatter vos maux, & pour rompre vos fers,
Ie sois perfide au Ciel, à la terre, aux Enfers,
Que ie me rende enfin pour vne amour si vaine

D

Digne de vos mépris, digne de vostre haine,
Bref, digne des forfaits que vous auez commis,
Me rendant les Mortels & les Dieux ennemis?

#### HYARBAS.

Amour est le plus grand, il vous fera connestre
Qu'on ne doit qu'à luy seul qui des Dieux est le mai-
Il vous dispensera comme il fait les Amans, (stre
De tous vos vœux, Madame & de tous vos sermés
Il vous enseignera qu'auec des Sacrifices
On se peut aysément rendre les Dieux propices,
Et reuoquer encor les sermens solemnels
Que mesme on a iuré aux piés de leurs autels.
Bref, il vous apprendra qu'elle est la loy diuerse
Des morts & des viuans qui n'ont plus de commerce.
Quiconque le premier passe dans les Enfers,
Brise dés le sepulchre icy bas tous ses fers.
Considerez vn peu, belle & superbe Reyne,
Que ce que vous aymez n'estrie qu'vne ombre vaine,
Vn amas de poussiere, vn corps inanimé,
Incapable d'aymer, indigne d'estre aymé.

#### DIDON.

Il est de mon amour plus que iamais capable,
Cét esprit genereux, ce monarque adorable,
Qui  hai est sensible aux sermens que i'ay fais

Et me garde vne foy plus pure que iamais.
Ses chaines par la mort n'ont point esté brisées,
Ie sçay que son esprit dans les champs Elisées,
Fait ce qu'il fit au monde; & qu'il est treuesté
Des mesmes sentimens d'amour & de vertu:
Mais plus purs qu'ils n'étoient sous l'escorce mortelle,
Pour moy ie sens ma flame & plus nette, & plus belle,
Elle est plus digne aussi de cét objet si cher,
En ne tenant plus rien du sang, ny de la chair.
Vne si noble ardeur espure & sanctifie
Les feux dont ie bruslois lors qu'il estoit en vie,
Et consume en mon cœur ces desirs languissans,
Que produisoit en moy le commerce des sens.

### ANNE.

Laissez-moy prendre icy l'interest d'vn Monarque,
Qui donne de sa flame vne si belle marque.

### PYGMALION

Souffrez que i'interrompe vn si vain entretien,
Madame vostre amour n'a rien d'égal au sien.
Il ayme vne personne agreable & viuante,
De qui le seul aspect le charme, & le contente,
Et vous aymez vn mort qui seroit odieux,
Et vous feroit horreur, s'il s'offroit à vos yeux.

### DIDON.

Ma sœur n'est donc pas seule à mes desirs contraire,
Vous voulez proteger encor mon aduersaire,
Vous osez prendre icy son party contre moy,
Sans respecter mes vœux, sans respecter ma foy !
Conspirez tous ma mort, faittes moy tous la guerre,
Armez conioinctement & la mer & la terre,
Ie suiuray d'un cœur ferme & d'un constant mespris,
Iusqu'au dernier soupir, le dessein que i'ay pris :
Que plustost le tonnerre esclatte sur mon crime,
Que plustost sous mes pieds la terre ouure un abisme,
Que iamais ie viole en mes vœux solemnels,
L'honneur de ma promesse, & celuy des Autels,
Et que par une erreur qui me soit reprochée,
Ie trouble le repos des Manes de Sychée,
Allez, retirez-vous, Prince vous m'abusez,
Sous les conditions que vous me proposez.
Ie ne veux point de paix, ny plus de surseance.

### HYARBAS.

Madame, voulez-vous que par obeyssance
Ie sois donc criminel, comme à l'extremité,
Ie le suis deuenu par la necessité,
Empesche, empesche, Amour, que ce mepris de glace
De de cœur enflamé pour iamais ne te chasse :

C

La colere m'emporte, & me veut obliger
A perdre tout respect afin de te vanger.
Ne laisse pas agir cette colere extrésme ;
En te vengeant, Amour, ie t'offense toy-mesme.
Auant que nous resoudre à cette extremité,
Employons tout remede.

## SCENE III.

HYARBAS. FORBANTE. PYGMALION.
ASTART.

#### PYGMALION

O Dieux quelle fierté
Auec quelle fureur elle s'en est allée;
Ie ne la vy jamais si fiere, si troublée.

#### HYARBAS

Si vous voulez m'aider, ô Prince genereux,
Ie vaincray cét orgueil iniuste & rigoureux,
Et j'auray le destin fauorable & prospere.

#### PYGMALION

Astart laissez-nous seuls                    Forbante &
                                             Astare se
                                             retirent

#### HYARBAS

Essoignez-vous mon frere,

D iij

Parlons à cœur ouuert, ie vous veux faire voir
Que vous vous abusez, si vous pensez auoir
Sur moy grand aduantage en me faisant la guerre,
Prince considerez que ie suis dans ma terre,
Ie feindray d'y donner bataille à tout moment,
Afin de fatiguer vos trouppes seulement,
Que si nous dissipons vostre Armée affoiblie,
Vous ne la pourriez voir de long temps restablie :
L'estat de vostre sœur n'est pas assez puissant,
Et le vostre est trop loin pour vn secours pressant :
Moy, ie verrois forcer mes plus fortes murailles,
Auec mille citez, ie perdrois cent batailles,
Bref, ie mourrois cent fois auant qu'estre contraint
De renoncer au feu dont ie me sens atteint :
De sorte qu'il faudra que la guerre finisse,
Par la fin de mes vœux, ou bien que tout perisse.
Enfin Didon sera bien-heureuse de voir
Vn Amant ennemy soubmis à son pouuoir :
Car la fin de la guerre entreprise pour elle,
Luy seroit autrement & funeste & cruelle,
Iugez Prince, iugez à quelle extremité
Auroit reduit son sort mon esprit irrité,
Si souuent mes respects qui sont trop manifestes,
N'auoient pas arresté mes victoires funestes.

### PYGMALION.

Mais quel remede enfin peut flatter vos desirs,

HYARBAS.

*Pour finir mes mal-heurs, auancez mes plaisirs.*

PYGMALION.

*Hé comment?*

HYARBAS.

    *Vn moyen facile se presente,*
*Vne seconde fois tirez-la de sa tente,*
*Pour vne autre entreueuë, & i'y feray trouuer*
*Nombre de gens armez qui pourront l'enleuer.*
*Apres vne legere & foible resistance,*
*Vous vous excuserez en blâmant ma licence :*
*Ainsi j'auray la fin de mes ardans souhaits,*
*Didon la Getulie, & vous aurez la paix.*

PYGMALION.

*Ie puis sur ce projet seconder vostre attente,*
*Ouy ie la puis tirer encore de sa tente,*
*Mais qui me respondra que l'ayant en vos mains,*
*Vous ne chastirez pas ses orgueilleux dedains,*
*La traittant en captiue, & luy faisant outrage.*

HYARBAS.

*I'offre de vous donner mon frere pour ostage,*

Ie vay vous l'enuoyer sans bruit & sans éclat,
Seul auec vn trompette en habit de Soldat,
Sous pretexte qu'encor la trefue on continuë,
Et que ie vous demande encore vne entreuëuë,
Ie sçay qu'il restera volontiers prés de vous,
Asseurant par escrit l'homme enuoyé de nous,
Comme si vous vouliez respondre à ma demande,
Que vous estes d'accord, que mon frere on me rende,
En cas que ce proiet ne reüssisse pas.

### PYGMALION

I'approuue cét aduis, & m'en vay de ce pas,
Tandis que vous irez disposer cette affaire,
Trauailler de ma part a ce qu'il faudra faire.

ACTE III.

# ACTE III.

## SCENE I.

### DIDON, ANNE.

#### DIDON

HE bien, ma deffiance estoit sans fondement,
I'accusois disiez-vous ce traistre iniustement;
Cependant vous voyez comme il prend la licence,
De faire malgré moy durer la surceance,
Ce sont ses ordres seuls qui sont executez,
Il mesprise les miens, & vous le supportez,
Vous l'excusez ma sœur, & n'osez contredire,
L'iniuste authorité qu'il prend dans mon Empire.

#### ANNE.

Ie ne puis condamner encor son action,
Et croy qu'il n'a rien fait que par affection,
Vous auez agreé son secours volontaire,
Puis qu'il vous sert Madame il le faut laisser faire.

E

*Il sçait par quels moyens il vous faut garantir,*
*Et d'vn Amant armé la fureur diuertir.*

---

# SCENE II.

DIDON, ANNE, NARBAL General de l'Armée de Didon.

### DIDON.

*Oicy mon General, dont le triste visage [ge*
*Est d'vn nouueau malheur l'infaillible presa-*
*D'où venez-vous Narbal, sçauez vous [bien pourquoy,*
*On a continué la trefue malgré moy?*

### NARBAL.

*Ie n'en sçay rien Madame, & moins pourquoy For-*
*Le frere d'Hyarbas, est venu dans la tente. [bante,*
*Du Prince vostre frere en soldat trauesty.*

### DIDON.

*Quoy chez mon frere vn chef de contraire party,*
*Forbante chez mon frere!*

### NARBAL.

*Vn trompette le meine,*
*Quoy qu'il soit desguisé, ie n'ay point eu de peine,*

A le bien reconnoiſtre, & i'en ſuis aſſeuré.
Auec Pygmalion à part il s'eſt tiré,
Au point que le trompette acheuoit ſon meſſage,
De la part d'Hyarbas, i'en ay pris quelque ombrage,
Et i'ay creu vous deuoir auſſi-toſt aduertir,
Qu'il nous falloit veiller ſur le Prince de Tyr.

DIDON.

Mais le connoiſſez-vous?

NARBAL.

Ie le dóy bien connoſtre,
C'eſt luy, n'en doutez point.

DIDON.

Ah frere ingrat & traiſtre?
Mal-heureux aſſaſſin, i'auois grande raiſon,
De te croire infidelle & plein de trahiſon?
Les Dieux qui de ta main m'ont deſia garantie,
De ton perfide cœur m'auoient bien aduertie,
Tu cherches ces threſors que tu n'as peu rauir,
C'eſt pour eux que tu feins de me vouloir ſeruir,
Voilà cette franchiſe, & cette amour ſincere
Dont vous me reſpondiez, ſœur digne d'vn tel frere,
Narbal ie ſuis trahie, enfin ie reconnoy,
Que toute ma maiſon conſpire contre moy.

E ij

De plus d'vn ennemy ie me sens poursuiuie,
Il se trame vn complot, on attente à ma vie,
I'en voy desia l'effect, i'en sens desia les coups,
Et n'attens mon salut que des Dieux ou de vous.

### ANNE

Madame qu'est-cecy, quel mouuement de rage,
Vous emporte à vomir contre moy cét outrage :
Ah si vous soupçonnez mon amour & ma foy,
Versez vostre colere & vos dédains sur moy.
Ie fay ce que ie puis contre vostre tristesse,
Mais quoy mon soin vous fasche, & ma bonté vous
I'en meurs, & ne me puis toutefois repentir, (blesse,
D'auoir quitté pour vous les riuages de Tyr.

### NARBAL.

Si vous sçauiez Madame auec combien d'adresse,
Et de fidelité vous sert cette Princesse :
Vostre esprit genereux & tout plein de bonté,
Contre-elle se seroit vn peu moins emporté.

### ANNE

Ié vay me retirer en vn lieu solitaire,
Où ie ne feray rien qui luy puisse deplaire,
Ouy ie vay m'enfermer en l'vne de ces tours,
Pour pleurer librement le mal-heur de mes iours.

Puis qu'on veut outrager, vne amour si fidelle,
Et puis que ma franchise est icy criminelle,
Mal-heureuse Princesse, helas que esperes-tu
Puis qu'au lieu d'honorer on blesse ta vertu,
Puis que la fermeté de ton cœur magnanime,
Passe pour entreprise & degenere en crime:
Plust au Ciel qu'en quittant les riuages de Tyr,
Thetis dans son abisme eust daigné m'engloutir:
Et qu'vne vague affreuse & pourtant fauorable,
Eust terminé le cours d'vn sort si deplorable:
Ie serois morte au moins, exempte de l'ennuy,
Et du soupçon cruel qui m'acablé auiourd'huy.

DIDON.

Excuse mon chagrin & ma douleur extrefme,
Ma sœur tout me deplaist, & ie me hay moy-mesme
Ne m'abandonne pas en l'estat où ie suis,
Ou ie succomberay sous le faix des ennuis.

ANNE.

Si de Pygmalion la fourbe est manifeste,
I'abhorreray sa veuë ainsi que d'vne peste:
Si de sa trahison ie voy le moindre effet,
Ie priray tous les Dieux de punir son forfait (songes,
Mais tant que vous n'aurez vos preuues qu'en vos
Vous ne me verrez point complaire à leurs mesonges.

E iij

Ie prendray prez de vous touſiours là liberté,
De vous ouurir vn cœur exempt de lacheté,
Le frere d'Hyarbas eſt dit on dans ſa tente,
Deſſus ce point Madame il faut qu'il vous contente.

### DIDON

Il faut bien qu'il le face, ou qu'il n'eſpere pas,
Que ie m'aide iamais du ſecours de ſon bras.
Si ie doy ſuccomber, & perir ſans remede,
Ie periray bien ſeule, il ne me faut point d'aide.

### NARBAL

Madame execuſez moy ſi i'oſe en liberté,
Vous prier de calmer cét eſprit agité.
Qui pourroit irriter dans ſa vaine colere,
Ce Prince dont l'appuy vous eſt ſi neceſſaire.
Conſiderez qu'il eſt en ce lieu le plus fort,
Il faut veiller ſur luy, i'en demeure d'accord.
Deſcouurez doucement quelle raiſon le porte,
A faire entrer chez luy Forbante de la ſorte;
Il vous ſatisferà peut eſtre là deſſus,
S'il vous ſatisfait mal, ou s'il paroiſt confus,
Vous pourrez vous monſtrer deuant luy plus hardi,
Mais au lieu d'accuſer en vain ſa perfidie,
Il faut luy faire honte, & tâcher par raiſon,
De l'induire à ſauuer l'honneur de ſa maiſon.

DIDON

Si c'est pour m'offencer que Forbante l'approche,
Sans luy faire en ce lieu ni pleinte ni reproche:
I'iray droit dans sa tente, & de ma propre main,
L'arracherai la vie à ce monstre inhumain,
Oüy ie m'en vay sur luy decharger ma colere:
Puis que ie ne puis pas me vanger sur son frere.

ANNE

Voicy Pygmalion, parlez luy doucement,
Dißimulez vn peu ce mescontentement.

NARBAL

La Princesse a raison, gardez vous bien Madame
D'ouurir tous les soupçons que vous auès dans l'ame.

# SCENE III

PYGMALION. DIDON. ANNE. NARBAL.
ASTART.

DIDON

POur quel suiet mon frere auez vous arresté
L'ordre que ie voulois qui fust executé?
D'où vient que malgré moy la tresue dure encore?

### PYGMALION.

Ie crains d'aigrir l'esprit d'vn Roy qui vous adore.

### DIDON.

S'il est nostre ennemy, pourquoy le craignez-vous,
Vous qui faites dessein de combatre pour nous?

### PYGMALION.

Ie ne crains que pour vous, qui dans ce coin de terre,
Ne pouuez contre luy faire durer la guerre.

### DIDON.

Vous sçauiez ces raisons quand vous estes party,
Et n'auez pas laissé de prendre mon party.

### PYGMALION.

Ie ne connoissois pas vostre melancolie,
Ny les iustes desseins du Roy de Getulie.

### DIDON.

Ah vous le connoissez mieux que ie ne voudrois,
Vous voulez malgré moy me soufmetre à ses lois:
Dites s'il n'est pas vray que son frere Forbante,
Est venu deguisé vous voir en vostre tente.

### PYGMALION.

Non Madame.

DIDON

### DIDON.

Celuy qui la veu me la dit,
Vn Heraut le menoit, vous semblez interdit,
Ie veux de ce secret comprendre le mystere.

### PYGMALION.

Et bien, soit, il est vray ie ne le veux plus faire,
I'ay trouué ce moyen pour vous donner la paix,
Hyarbas la desire, & moy plus que iamais,
Et pour ce bon dessein si vous n'estiez émeuë,
Ie vous proposerois encore vne entreueüe.

### DIDON.

Pourquoy me parlez vous tousiours hors de propos,
Que me produiroit elle?

### PYGMALION.

Vn asseuré repos.
Ie vous le dis encor, que dans ce coin de terre,
Vous ne sçauriez long-temps faire durer la guerre,
Et quand nous gaignerions mille & mille combats,
Nous ne pourrions iamais accabler Hyarbas.
Il est maistre d'Affrique, il a toute puissance,
Et puis de son Amour l'inuincible constance
Luy fournira dequoy faire eternellement
La guerre qui paroist estre son element.

E

Sa terre est de soldats l'inepuisable source,
S'il me bat vne fois, où sera ma ressource?
Il faudra que ie cede, & fuyant de ces lieux
Que ie vous abandonne au Roy victorieux.
Faites, n'ayant souffert encore aucun dommage,
Vne paix honorable & sans desaduantage,
Tandis que vous auez les armes à la main.

### DIDON

Ie ne veux point de paix, vous m'en parlez en vain
Ne la pouuant auoir que honteuse, & funeste,
La guerre est le seul bien & l'espoir qui me reste.

### PYGMALION

Voyez l'aueugle erreur de ce cœur endurcy,
Puisque tous mes conseils vous déplaisent ainsi,
Vous n'auez pas besoin de moy, ny de l'armée
Qu'auec de si grans soins pour vous i'auois formée
Ie me retire, Adieu.

### DIDON

Va, va frere inhumain,
Qui n'as que contre moy les armes à la main.
Va lasché, & ne croy pas qu'estant abandonnée
I'en sois plus abatue, & plus infortunée
Pour m'oster de tes mains & des mains d'Hyarbas,

Ny mon cœur, ny ma main ne m'abandonnent pas,
Ie puis par vne mort genereuse & hardie,
Brauer son insolence auec ta perfidie.
Et monstrer à tous ceux qui viendront apres moy,
Qu'vne debile femme eut plus de cœur que toy.

---

# SCENE IV.

## PYGMALION. ASTART.

### PYGMALION.

Astart,

### ASTART.

Seigneur :

### PYGMALION.

　　　Courez iusques dedans ma tente,
Allez, ne tardez pas, & m'amenez Forbante,
Voyez quelle fureur agite ses espris,　　　　seul.
Admirez l'arrogance & l'orgueilleux mepris,
Dont cette femme altiere ose outrager vn Prince,
Qui pour la secourir a quitté sa prouince,
Puis qu'il s'agit icy d'vne guerre d'Amour,
Il faut sans differer la finir dans ce iour.

Tentons pour cét effet tout remede possible,
Ou par force, ou par art vainquons cette inuincible,
Perdrois-je mon armée, & tant de gens de cœur,
Pour le caprice fol, pour le bizarre humeur
D'vne femme superbe, ingratte, insupportable,
De raison, de conseil, & d'amour incapable ?
Mais i'apperçoy Forbante.

## SCENE V.

### PYGMALION. ASTART. FORBANTE.

#### FORBANTE.

　　　　　　　Hé bien qu'auez-vous fait
Pouuons nous de vos soins attendre vn bon effet,
Reuerrons-nous Didon ?

#### PYGMALION.

　　　　　　　　　　Non il n'est pas possible,
De vaincre par douceur ce courage inuincible,
Elle reçoit mes soins, mon zele, & mon ardeur,
Comme vn tribut fatal qu'on doit à sa grandeur.
A voir ce fier orgueil qui son ame possede,
On diroit que c'est moy qui reclame son aide.
Il n'est pas iuste enfin de laisser tout perir,
Pour cét esprit blessé qu'on ne sçauroit guerir.

A tel prix que ce soit ie veux finir la guerre,
Et tirer dans ce iour mes trouppes de sa terre,
Vous pouuez dire au Roy qu'il ne tiendra qu'à luy,
Qu'en amour & qu'en guerre il ne vainque auiour-
    d'huy,
Qu'il vienne à force ouuerte en nostre camp paresstre,
Qu'il attaque la Reine, & qu'il s'en rende maisstre,
Dans Carthage pour moy ie me vay retirer,
Et rauir à Didon tout sujet d'esperer,
Affin que si le Roy veut contre elle entreprendre,
Elle n'ayt aucun lieu de se pouuoir deffendre.

### FORBANTE.

Si le Roy me veut croire il suiura ce consseil,
Pour vaincre cét espriten rigueur sans pareil,
Sa force agira mieux sur elle que sa plainte,
Quelque orgueil qu'ayt Didon, i'estime que la crainte
Fera ce que l'amour n'a pû d'elle obtenir,
Et ioindra ce qu'vn Dieu n'a pu iamais vnir,
C'est vostre seul appuy qui la rend insolente,
Si vous abandonnez cette belle arrogante,
Où sera sa ressource, il faudra desormais
Qu'elle vienne à genoux nous demander la paix.

### PYGMALION.

Sur tout bornez du Roy l'audace & la licence,

S'il aduient que Didon tombe sous sa puissance,
Faittes le souuenir s'il s'en rend possesseur
Qu'elle est Reine apres tout, & de plus qu'elle est ma sœur
Et qu'il m'a protesté ne fonder sa querelle
Que sur l'excez d'amour qu'il dit auoir pour elle.
Auec mes Tyrriens ie n'iray pas si loing,
Que ie ne puisse encor la deffendre au besoin,
Si le Roy la traittant auec le moindre outrage
Vsoit indignement d'vn si bel aduantage.
Vn Roy si genereux ne voudra rien pouuoir
Ni contre son amour ni contre son deuoir.

---

# SCENE VI.
## FORBANTE.

SI son frere la quitte il faudra qu'elle cede,
   Et que le Roy de force, ou de gré la possede,
Si l'on void de sa rage eclatter les effets,
Apres vn peu de guerre amour fera la paix.
Ce que ie crains le plus, c'est que le Roy mon frere
Chaud & prompt comme il est ne brusle de colere,
S'il apprend que la Reine augmentant ses mespris,
Semble auoir deuiné le dessein qu'il a pris:
Pourueu qu'il vienne à bout d'vne ingrate maistresse,
Qu'importe qu'il l'enleue ou de force ou d'adresse,

Il a quité sa tente, & desia ie le voy,
Qui tout impatient vient au deuant de moy.

# SCENE VII

### HYARBAS. FORBANTE.

#### HYARBAS

Mon frere qu'as-tu fait?

#### FORBANTE

Rien qui vous puisse plaire,
Cette femme superbe est tousiours en colere,
Enfin tout luy fait ombre, & ie perds tout espoir
Que son frere iamais l'oblige a vous reuoir.

#### HYARBAS

L'ingratte : ay-ie vn venin si subtil dans ma veuë,
Que comme vn basilic mon seul aspect la tuë?
Peut-elle regarder vn Amant si soubsmis,
Comme le plus cruel de tous ses ennemis,
Que craint-elle, bons Dieux, d'vn Prince qui luy dône
Ses armes & ses vœux, son cœur, & sa Couronne,
Qui veut dependre d'elle, & qui tout plein d'ardeur
Abandonne a ses pieds sa gloire, & sa grandeur.

Quoy donc vn feu si pur, vne flamme si belle
Blesse par son eclat les yeux de la cruelle.
Donc mon respect me nuit au lieu de m'aduancer,
Et ma fidelité ne sert qu'à l'offencer.
Puisque ie n'attends rien de ma perseuerance,
Perdons, perdons la vie en perdant l'esperance :
Tu luy plairas bien mieux par ce cruel effort,
Va, ne consulte plus, marche droit à la mort.

### FORBANTE.

Seigneur qu'est deuenu cét Hyarbe inuincible,
Le cœur ferme & constant à qui tout fut possible,
La douleur sera-elle en vos esprits troublez
Ce que n'ont iamais fait tant d'hommes assemblez,
Ce que n'a iamais fait pour vostre mort iurée
L'Affrique tant de fois contre vous coniurée,
Rentrez dedans la gloire où vous auez vescu,
Surmontez-vous Seigneur, vous aurez tout vaincu,
Dira t'on que l'orgueil d'vne debile femme,
Ayt mis le desespoir dans vne si belle ame,
Et qu'vn obiet si foible ayt enfin abbatu
Ce cœur où s'appuyoit l'honneur & la vertu,
Voulez-vous en mourant auec tant d'infamie
Conspirer contre vous auec vne ennemie,
Qui dans vostre trespas bornant tout son desir,
De ce cruel desordre auroit trop de plaisir.

Il fau

Il faut viure en dépit de cette ame cruelle,
Et pour la posseder, & pour vous vanger d'elle,
Ou, si vostre amitié la peut flechir vn iour,
Faire apres la victoire vn triomphe d'Amour.

### HYARBAS

I'approuuë ton conseil, tu flattes ma pensée,
C'est par trop deferer à cette ame insensée,
Ma constance l'irrite, enfin ie reconnoy,
Que tant de laschetez sont indignes d'vn Roy,
Le respect pour l'ingratte est vne foible amorce,
Oublions la douceur, recourons à la force,
Forbante vangeons-nous, le conseil en est pris,
Voyla trop d'insolence, & par trop de mepris,
Il faut, dompter par force vn esprit si rebelle.

### FORBANTE.

Seigneur, l'occasion n'en fut iamais si belle,
Pygmalion s'en va meu d'vn iuste courroux,
Si vous n'en estes maistre, il ne viendra qu'à vous.

### HYARBAS

Le Ciel me veut vanger, secondons-le mon frere,
Son frere l'abandonne? il fait ce qu'il doit faire,
Ie n'en ay plus pitié, ie l'ay prise en horreur,
Sa rage a conuerty mon amour en fureur.

G

La vengeance m'inspire vn carnage effroyable,
Dont ie conçoy moy-mesme vne horreur incroyable
Sans respecter attraits, âge, sexe, ny rang,
Ie vay faire vn deluge, & de pleurs, & de sang;
Apres j'iray raser cette ville superbe,
I'esgaleray ses tours à la hauteur de l'herbe:
Et ces marques de haine aux neueux feront foy,
Des mépris que Didon a faist d'vn si grand Roy.
Auant que me vanger, fay tant par ton adresse,
Que ie puisse reuoir vn moment la Princesse.
Ie la pleins d'embrasser l'interest d'vne sœur,
Sans cœur, sans amitié, sans raison, sans douceur,
Ie suis au desespoir de la voir engagée
Auec cette insolente, auec cette entagée.
Elle m'a fait plaisir, enfin ie la veux voir,
Apres pour me seruir tu feras ton deuoir.

# ACTE IV.

## SCENE I.

### HYARBAS. FORBANTE.

#### HYARBAS.

Il faut ioindre auiourd'huy la force à ton adreſſe,
Pendant mon entreueuë auecque la Princeſſe.
Il faut agir, mon frere, & charger bruſquement
Les troupes de Didon.

#### FORBANTE.

      Commandez ſeulement
Puiſque ſon ſeul orgueil excite cét orage,
Ie vay faire en ſon camp vn eſtrange rauage.
La victoire eſt à moy; i'y cours, & de ce pas,
Ie vay faire ſentir ce que peze mon bras.

HYARBAS.

Laiße venir la sœur de cette ingratte Reyne,
Ne t'en va pas encor, sois témoin de ma hayne;
I'ay besoin de ton aide, il sera toûsiours temps
De pousser dans le camp nos meilleurs combattans.
Mais la voicy qui vient.

---

# SCENE II

HYARBAS. FORBANTE. ANNE. FENICE

### HYARBAS.

I'ay tort, ie le confesse,
De donner tant de peine à ma belle Princesse,
Mais vous m'excuserez sçachant que ie le fais
Seulement à deßein de payer vos bien-faits,
Et de vous faire voir autant qu'il m'est poßible,
Que ie les sçay connoistre, & que i'y suis sensible.

### ANNE.

Ce discours plein d'honneur & de ciuilité,
D'vn cœur vrayment Royal marque bien la bonté,
Mais n'ayant eu pour vous qu'vn zele sans puißance,
Ie ne puis meriter cette reconnoißance.

## HYARBAS.

Enfin si voſtre ſœur euſt gouſté vos auis,
Et si vos bons conseils euſſent oſté ſuiuis,
Touſiours officieuſe, & touſiours fauorable,
Ie ſerois bien-heureux, où ie ſuis miserable.
Pleuſt au Ciel qui connoiſt iuſqu'au moindre penſer,
Qu'il fuſt en mon pouuoir de vous recompenſer,
Par vn ſolide effet, par vne preuue inſigne,
Qui de vous & de may fuſt egalement digne.
Mais, aymable Princeſſe, en l'eſtat où ie ſuis,
L'aduis que ie vous donne eſt tout ce que ie puis,
Sortez d'icy, fuyez, & si vous eſtes ſage,
Taſchez de vous couler doucement dans Carthage.

## ANNE.

Pour quel ſujet, Seigneur, qu'auez-vous entrepris?

## HYARBAS.

Ie ſuis las de ſouffrir tant d'orgueilleux mépris,
A la fin mon Amour en fureur eſt changée,
Il eſt temps de punir cette femme enragée,
Qui dédaignant mes vœux, mon cœur, & mon eſtat,
Regarde mon reſpect ainſi qu'vn attentat,
Qui ſe voyant traitter de diuine Princeſſe,
Croid eſtre au rang des Dieux, tranche de la Deeſſe.

G iij

Et me voyant sur terre, ainsi qu'vn homme abiet,
Me traitte insolemment d'esclaue & de suiet,
Son frere fait bien voir en se separant d'elle,
Qu'il ne peut approüuer vne humeur si cruelle,
I'apprens qu'il est party triste & mal satisfait
Du traittement iniuste & du tort qu'on m'a fait.
Il quitte auec horreur celle qui nous mesprise.

### ANNE.

Est-ce donc tout de bon, parlez vous sans feintise?

### HYARBAS.

Vous l'allez bien-tost voir par ce camp saccagé,
Enfin c'est trop souffert, ie veux estre vangé,
Il est temps que le feu de mon courroux éclate,
Sur ce cœur endurcy, sur cette femme ingratte.
Tant de pleurs espanchez, tant de respects rendus,
Ie plains tant de souspirs, & tant de vœux perdus.
Ma haine prend leur place, & commence a me pla
Mon feu d'amour se change en vn feu de colere.
Les charmes de Didon sont vains & superflus,
Ie n'en suis plus touché, ie ne la cognois plus,
Que comme vne estrangere, ingratte, iniurieuse,
Orgueilleuse, insolente, iniuste, & furieuse,
Aussi veux ie contr'elle auec toute rigueur,
Vser de tous les droits d'vn insolent vainqueur.

Ie la possederay comme vne esclaue infame,
Puis qu'elle a desdaigné la qualité de femme
Vous l'allez bien-tost voir tomber entre mes mains,
Et changer en respects ses orgueilleux dédains,
Vous l'allez bien-tost voir, cette belle arrogante,
A mes pieds prosternée en humble suppliante,
Qui se repentira trop tard de ses mespris,
Et qui de son orgueil aura le iuste prix.
Enfin le desespoir ayant éteint ma flame,
Et s'estant rendu maistre absolu de mon ame,
N'en attendez plus rien que des saccagemens,
Que des meurtres cruels, que des embrazemens.
Ie iure des grands Dieux la puissance infinie,
Que ie seray vangé, qu'elle sera punie.
Et qu'il n'est point de Dieu, ny là haut ny là bas,
Qui puisse diuertir la fureur d'Hyarbas.
Iupiter s'est fasché de tant d'obeyssance,
Tant de soumissions offençoient ma puissance,
Tant de lâches respects qui marquoient mon ardeur
Blessoient également sa gloire & ma grandeur.
En vn mot ie veux rendre outrage pour outrage,
Fuyez donc, mettez vous à l'abry de l'orage,
Sauuez vous ma Princesse, & iugez par mes soins,
Qui de mon amitié sont fidelles témoins,
Quel est mon changement à l'esgard de la Reine,
Qui sur mes volontez estoit si souueraine.

Qui ſur tous les objets qui brillent ſous les Cieux,
Eſtoit chere à mon ame, & plaiſante à mes yeux.

## ANNE

Seigneur, c'eſt ce diſcours qu'encor ie ne puis croire,
Qui bleſſe eſgalement les Dieux, & voſtre gloire,
Où s'emporte voſtre ame, & que ſont deuenus
Ces nobles ſentimens qui m'eſtoient ſi connus?
Bons Dieux qu'ay je entendu; le plus grand des Mi-
　narques;
D'vne lâche foiblesse a-t'il donné des marques?
Non, i'ayme mieux le croire à mon égard menteur,
Que croire que ſa langue ait dementy ſon cœur.
Vn cœur ſi genereux; vn cœur ſi magnanime,
N'a point de mouuement qui ne ſoit legitime;
Il ne ſe laiſſe point forcer à la fureur,
Il hait toute iniuſtice, il en a de l'horreur,
Et ne ſouffriroit pas qu'vne tâche ſi noire,
Obſcurciſt les rayons qui font briller ſa gloire.
Oubliez ce tranſport qui vous agite ainſi,
Ie proteſte Seigneur de l'oublier auſſi.
C'eſt à vous de vous mettre à l'abry de l'orage,
Que la fureur excite en ce bouillant courage.
Sauuez vous de vous meſme, Hyarbe, & reprenez
Icy tous les conſeils que vous m'auez donnez.

HYAR

HYARBAS.

L'honneur n'y le respect chez moy n'ont plus de place,
La fureur les destruit, le desespoir les chasse,
Je veux estre vangé, le conseil en est pris.

ANNE.

Ah Prince mal-heureux ! qu'auez vous entrepris ?
S'il est vray que Didon se voye abandonnée,
Quel honneur aurez vous de l'auoir ruinée ?
Que dira-t'on de vous de l'attaquer au temps,
Qu'elle perd dans son camp vingt mille combattans,
Mais si dans vostre esprit sa mort est resoluë,
Si vous voulez vser d'vne force absoluë.
Pour perdre vne beauté dont les charmes puissans,
Regnoient absolument n'agueres sur vos sens.
Si vous auez si peu d'honneur & de courage,
Que d'attenter contr'elle auec vn tel outrage,
Les Dieux la vengeront, & ne permettront pas
Que l'insolence regne, où regnent tant d'appas.
Enfin si Didon meurt, ie veux mourir comme elle,
Ie suiuray sa fortune, ou propice, ou cruelle ;
Et ce cœur genereux que vous fauorisez,
Refuse le salut que vous luy proposez.

H

HYARBAS.

Hé bien, on vous permet de suiure sa fortune,
Et de tomber aussi d'vne chutte commune ;
Vous pousserez tantost des regrets superflus,
Il ne sera plus temps, ie n'escouteray plus.

# SCENE III.

### HYARBAS. FORBANTE.

### HYARBAS.

QV'vn cœur noble & hardi, ferme & plein de
        constance,
A dessus nos esprits de force & de puissance ;
Cette ame genereuse a le mien abbatu,
Et ma colere cede a sa haute vertu.
Iustes Dieux qu'ay-je fait, d'où peut naistre à ma [honte,]
Vne metamorphose & si grande & si prompte,
Qu'vne bouche exprimant des sentimens si doux,
Vomisse le poizon, le fiel & le courroux,
Qu'vne flame d'Amour & si nette, & si claire,
Se change & s'obscurcisse en vn feu de colere.
Bref, qu'vn Roy si constant puisse si tost changer,
Et paroistre brutal aussi bien que leger.

Pourrois-tu mal-heureux traitter auec injure,
Ce chef-d'œuure accomply des mains de la Nature,
Pourrois-tu profaner ce temple precieux,
Que tu respectes plus mille fois que les Cieux.
Tu ne peux offenser ce beau nom sans blaspheme,
Tu ne peux l'outrager sans t'outrager toy mesme.
Resueille ta raison, r'appelle tes esprits,
Respecte ses dédains, adore ses mépris,
Estouffe ta rigueur, & fay céder ta haine
Aux iustes sentimens de cette chaste Reyne.
Mais est-ce l'offenser que luy donner mon cœur,
Et soûmettre à ses pieds vn Roy tousiours vainqueur.
Est-ce desesperer cette beauté cruelle,
Que partager mon trosne & ma gloire auec elle.
Est-ce auec iuste cause exciter ses dédains,
Que luy mettre par force vn Sceptre entre les mains.
Non, non dans mes projets ie n'ay rien que d'Auguste,
Ma guerre est légitime, & ma colere est iuste,
C'est l'vnique remede, il s'y faut attacher,
Ou si ie le neglige, il n'en faut plus chercher.
Va mon frere, execute enfin nostre entreprise,
Suy la boüillante ardeur dont ton ame est esprise.
Va, seme en tous endroits, ou la mort, ou l'effroy.

FORBANTE.

Ie sçay de quelle ardeur il faut seruir mon Roy.

H ij

### HYARBAS.

Mon frere arreste vn peu, s'il aduient que la Reine,
Pour animer les siens paroisse dans la plaine,
Respecte sa presence, ou tu dois aduancer,
Recule, & ne fay rien qui la puisse offencer.
Fay par tes actions qu'elle puisse comprendre,
Que ie n'ay combatu qu'à dessein de me rendre,
Qu'à tort elle me compte entre ses ennemis,
Que si sa rigueur cesse, on me verra soubmis,
Et ietter à ses pieds, en finissant la guerre,
Les lauriers moissonnez malgré moy sur sa terre.

### FORBANTE.

Ce penser est galand, agreable, amoureux,
Mais à vostre égard seul il paroist genereux,
Le respect dans ces lieux chez moy n'a point de plus

### HYARBAS.

Ah si Didon paroist, mon frere suy de grace,
Garde de persister au combat commencé,
De peur que mon Amour ne s'en trouue offencé.

### FORBANTE.

Vous mocquez vous, Seigneur, quoy, sans me rendre
Infames

Puis-je me dérober aux armes d'une femme?
Puis-je lâcher le pié sans marquer de l'effroy,
Et sans vous faire aussi mesme injure qu'à moy?

HYARBAS.

Cette femme n'est pas une femme ordinaire,
Croy si ie combattois, que tu me verrois faire
Ce que ie te conseille, ouy, ouy n'en doutez pas,
Ie fuirois par respect en voyant ses appas,
Ie sçay qu'elle est pour moy de rigueur toute plaine,
Elle craint mon amour, & moy ie crains sa haine,
Puis qu'elle est en colère évitons en tous lieux
Et les coups de ses mains, & les traits de ses yeux:
Vne peur de respect n'imprime aucune tache,
Sied bien au genereux, & sieroit mal au lache.

FORBANTE.

Ces traits si genereux ne regardent que vous,
Pour moy qui n'ay pas lieu de redouter ses coups,
Et qui ne la voy plus que comme une ennemie,
Ie croy qu'en l'attaquant i'auray moins d'infamie,
Et qu'estant seulement de la gloire amoureux,
Ie puis faire contr'elle un effort genereux.
Considerez, Seigneur, qu'elle a l'ame guerrière,
Qu'elle est de ses exploits & si vaine & si fiere,
Que pour peu qu'on luy cède elle en abusera,

H. iiij

Comme elle est orgueilleuse, elle s'emportera
Et ne manquera pas dans le moindre aduantage
Qu'on luy laissera prendre à blasmer mon courage.
Iamais vn ieune cœur ne se laisse brauer,
Puis i'ay dans mon honneur le vostre à conseruer,
Et doy dans ma franchise éuiter toute feinte,
D'où peut naistre vn soupçõ de foiblesse, ou de crainte
Il ne faut point, Seigneur, flatter la dureté
De ce cœur orgueilleux qui veut estre dompté,
Mon honneur receuroit vne atteinte mortelle,
Si vos gens reculoient vne fois deuant elle,
Et i'ay lieu de douter mesme si ie pourrois
Les remener contr'elle aux coups vne autre fois.
Et si ce faux bon-heur qui l'auroit animée,
Ne seroit point funeste à toute vostre armée.

### HYARBAS.

Croy qu'il importe moins à l'honneur d'Hyarbas
De voir perir les siens en ne combattant pas,
Que si cette adorable & cruelle ennemie
Couroit dans le peril fortune de sa vie.
Helas! si tu faisois dans ces funestes lieux,
Couler vn sang si noble, vn sang si precieux,
Tu ferois par sa playe vn passage à mon ame,
Ie mourrois miserable, & tu viurois infame.
Fuy donc si tu la vois, & ne conteste plus,

Mais ie te donne icy des conseils superflus:
Car si Pygmalion leur manque d'assistance,
Ils n'auront pas le cœur de faire resistance,
Ils fuyront, & par la tu pourras mesnager
La victoire aysément sans honte & sans danger.
Sur tout ressouuien toy de mon Amour extresme,
Considere Didon par tout plus que moy-mesme.
Va, prens dans mon armée vn absolu pouuoir,
Satisfais à l'honneur, mais songe à ton deuoir,
Et laisse moy marquer par ce soin qui me flatte,
L'amour & le respect que i'ay pour cette ingratte.

---

# SCENE IV.

## ANNE, FENICE, DIDON.

### DIDON.

Anne & Fenice sont en vn bout du theatre les larmes aux yeux, & Didon sortant de sa tente les rencontre.

HE bien ma chere sœur, que vous vouloit le Roy?

### ANNE.

Ah, Madame, ie tremble & d'horreur & d'effroy,
Et ne pouuant encor tant de rigueur comprendre,
Ie pense auoir songé ce que ie viens d'entendre.

### DIDON.

Comment?

ANNE.

Ce Roy, Madame, est tout à fait changé,
Il parle en furieux, il parle en enragé,
Il ne respire plus que menace, & qu'outrage,
Et veut que ie me mette à l'abry de l'orage,
Tandis qu'en vostre camp, qu'il prétend saccager,
Il ira tout destruire afin de se vanger.

DIDON.

Il vous trompe, ma sœur, cela n'est pas possible.

FENICE.

Madame il perdra tout, la chose est infaillible,
De son ressentiment qui le rend furieux,
Il prenoit à témoins les hommes & les Dieux,
Ie iure, disoit-il, leur puissance infinie,
Que ie seray vangé, qu'elle sera punie,
Et qu'il n'est point de Dieu ny là haut, ny là bas,
Qui puisse diuertir la fureur d'Hyarbas.

ANNE.

Non ie n'espere plus de salut ny de grace.

FENICE.

Iʼay mieux que vous encor obserué sa menace.

Le se

Le feu de fa colere éclatoit dans fes yeux,
Ainfi que fes difcours, fes geftes furieux,
Marquoient dedans fon cœur mille horibles têpeftes,
Qui vont bien toft creuer & fondre fur nos teftes.

## ANNE

Il eft temps, m'a-t il dit, qu'auec toute rigueur,
I'vfe de tous les droits d'vn infolent vainqueur,
Ie la poffederay comme vne efclaue infame,
Puis qu'elle a dédaigné la qualité de femme.
Fenice vous dira ce que j'ay reparty,
Mais tout ce que i'ay dit ne l'a point diuerty,
Tant s'en faut, i'excitois fa fureur & fa rage,
Plus ie picquois fa gloire & flattois fon courage,
Madame adouciffez ce courage enragé,
Feignez qu'en fa faueur voftre efprit eft changé,
Si vous ne deftournez le coup qui nous menace,
Nous fommes tous perdus,

## DIDON

Que veut-on que ie face?
Oppofons en fuiuant le deffein que i'ay pris,
La force à la fureur, le mefpris au mefpris,
Suis-je en termes de craindre vne iniufte licence,
N'auons nous pas de quoy brauer fon infolence,

I

## SCENE V

DIDON, ANNE, FENICE, ARGAL.

#### DIDON

Mais que nous veut Argal?

#### ARGAL

Ie vous viens advertir
Qu'on vous trahit au camp, que le Prince de Tyr
Deſtend ſes pauillons, fait filer ſon bagage,
Décampe en diligence, & tire vers Carthage.

#### DIDON

Hé bien qu'en dit Narbal?

#### ARGAL

Il bruſle de courroux,
Et pour ce ſeul ſujet me depute vers vous.

#### DIDON

Dy luy qu'auparauant que ce traiſtre s'en aille,
Ie veux ſans differer qu'il donne la bataille.

ARGAL

Perdant, les Tyriens il n'est pas assez fort.

DIDON

Va, ne réplique point, qu'il fasse son effort,
Le lâche qui s'enfuit, & qui m'a délaissée,
Voyant nos gens aux mains changera de pensée,
S'il ne me considere en ce pressant mal-heur,
Il considerera peut-estre son honneur,
S'il ne satisfait pas au devoir d'vn bon frere,
A son propre devoir il voudra satisfaire.

# ACTE V.

## SCENE I.

### DIDON, ANNE, ARCAL.

#### ARCAL.

Adame sauuez vous, cét insolent guer-
    rier,
A violé chez vous la trefue le premier.
Nous voyant seuls au camp il y pousse
    Forbante,
Qui seme en tous endroits la mort & l'espouuante.
Narbal fait contre luy de merueilleux exploits,
Secondé de la fleur de nos Carthaginois,
Qu'il vient de r'allier pour sauuer du naufrage
L'honneur de sa Maistresse, & celuy de Carthage:
Mais le nombre l'accable, & crains que ce grād cœur
Ne cede aux grands efforts de ce ieune vainqueur,
Qui suiuy d'Hyarbas, & de toutes ses armes,

Auec iuſte ſujet redouble nos allarmes,
Ce qui fait que Narbal vous conjure par moy,
De vouloir euiter la fureur de ce Roy,
Mettez voſtre perſonne à l'abry de l'otage,
Madame ſauuez vous dans les murs de Carthage,
Tandis que noſtre Chef braué & iudicieux,
S'efforce d'arreſter ce torrent furieux.
Forbanté paſſe au camp pour vn foudre de guerre,
Il moiſſonne, il ſaccage, il abat tout par terre,
Et les Getuliens qui ſuiuent ſa vertu
Auectant de fureur n'ont iamais combattu.

ANNE.

Ah ie m'en doutois bien, cette fureur nous marque
Le ſanglant deſeſpoir de ce cruel Monarque
Qui cherche à faire outrage à voſtre Majeſté,
Hé bien, cedons au temps, cherchons la ſeureté,
Va dire à cet Atlas qui ſouſtient mon Empire,
Que ie ſuy ſon conſeil, & que ie me retire,
Peut-eſtre ſi ie puis mon frere retenir,
Que nous pourrons encor vn ſiege ſouſtenir,
Peut-eſtre que l'ingrat qui fuit & m'abandonne,
Aura quelque reſpect encor pour ma perſonne.
A toute extremité j'iray dans mes vaiſſeaux,
Pour me commettre encore à la mercy des eaux,
Et pour chercher ailleurs quelque nouuel Azile,

I  iij

Où ie pourray fonder encor vne autre ville,
Mais que nous veut Barcis?

## SCENE II.

BARCIS, Officier de Carthage. DIDON.
ANNE, ARBAL.

#### BARCIS.

Ie vous viens aduertir,
Que Carthage a receu tous les soldats de Tyr,
Et que Pygmalion qui passe pour vn traistre,
Sans peine du Palais vient de se rendre Maistre,
Car nous n'auions pas lieu de craindre ses efforts,
Il passe bien plus outre, il pille vos thresors,
Nos cris sont superflus, & cét inexorable,
Qui sent qu'il a le vent & la mer fauorable,
Enleuera dans peu le tout à son plaisir,
Si quelque prompt effort n'arreste son desir.

#### DIDON.

Qui veux-tu que i'oppose à sa brutale audace,
Où sera mon recours, que veut-on que ie fasse?
O Sort trop rigoureux pourquoy m'accables-tu?
Quoy! n'es-tu pas lassé d'esprouuer ma vertu?
Vne autre que Didon eust-elle en sa constance

Témoigné tant de cœur, & tant de resistance?
Tu veux donc que ie cede ; hé bien il faut ceder,
Puisque nul des mortels ne me peut plus aider
Puisque les Dieux sont sourds, que la mer & la terre,
Et le Ciel & l'Enfer me declarent la guerre,
Ouy cede malheureuse à la necessité
Pour complaire à ta sœur fais vne lascheté,
Abandonne auiourd'huy pour flatter son enuie,
L'honneur qui te fut cher beaucoup plus que la vie
Pour arrester le cours de ce mal si pressant,
Arreste la fureur de ce Roy trop puissant,
Et saüue en appaisant cette cholere extresme,
Ton Sceptre, tes thresors, & ta sœur, & toy-mesme.
Tous les autres moyens se trouuent superflus
Va donc, ma chere sœur, va ne differe plus,
Pour nous arracher tous hors des bras de la Parque,
Va viste receuoir ce bien-heureux Monarque,
Cours au deuant de luy pour demander la paix,
Dy luy qu'enfin ie cede à ses iustes souhaits,
Tasche de le flechir par pleurs & par prieres
Et d'éueiller l'ardeur de ses flâmes premieres
Dy luy que i'obeys à ses ardens desirs,
Puisque les loix d'honneur bornent tous ses plaisirs
Va marche asseurement, car tes premieres larmes
De ses sanglantes mains feront tomber les armes
Il n'aura pas le cœur de garder son courroux,

S'il te void vne fois pleurante à ses genoux,
Et tu feras d'abord en calmant son courage,
Et des siens & des miens arrester le carnage.
Pren ces deux officiers & Fenice auec toy,
Pour confirmer par eux mon repentir au Roy,
I'essuiray cependant mes pleurs dedans ma tente,
Pour le mieux receuoir.

---

# SCENE III

### ANNE, FENICE, BARCIS, ARBAL.

### ANNE.

Dieux que ie suis contente!
Elle a fait sagement, il faut ceder au temps:
Argal cours viste au camp pour dire aux combatans
Que la Reyne a changé cette humeur obstinée
Qui luy fit abhorrer vn second hymenée,
Dy leur que tout succede au gré de nos souhaits,
Fay cesser le combat, dy qu'on a fait la paix,
Qu'on m'ameine mon char, ie veux aller moy-mesme
Asseurer Hyarbas de son bon-heur extresme.
Ouy, le plaisant recit dont tu l'auras charmé,
Luy sera par ma bouche encore confirmé,
Va, vole vers le camp pour cét heureux message;

Et

Et quand à toy, Barcis, retourne dans Carthage,
Et tasche d'aduertir promptement nos amis,
De ce rare bon-heur que les Dieux ont permis.

# SCENE IV.

### DIDON seule.

Elle paroist dans sa Tente, où l'on void sur vne table vn poignard,
& vn grand vase d'or à l'antique, representant vne Vrne où se-
ront les cendres de Sychée.

ME voicy seule enfin, & libre, & dégagée
De ceux qui me tenoient icy comme assiegée
En dépit des Destins qui m'outrageoient si fort,
Me voicy, grace aux Dieux, maistresse de mon Sort.
Nous pouuons sans côtrainte en l'estat où nous sômes,
Nous plaindre esgalemêt & des Dieux & des hômes
Qui m'ont fait iusqu'icy la guerre iniustement,
Et qui m'ont tous esté cruels esgalement.
Mon frere, & ce tyran dont ie suis poursuiuie,
Conspirent d'vn mesme air tous deux contre ma vie.
L'vn est traistre & perfide, & l'autre suborneur,
L'vn veut rauir mes biens, & l'autre mon honneur.
Si mon frere auoit eu quelque bonne pensée,
Tendante à mon secours, m'auroit il delaissée?
Si ce Roy dont l'amour me fut tousiours suspect,

K

M'auoit vrayment aymée, Il eust eü du respect,
Et n'eust pas menacé de vengeance & d'outrâge,
Vn corps à qui son cœur eust fait le moindre hōmage.
Mais grace aux Immortels, voicy, voicy de quoy,
Brauer auec mépris, & mon frere, & le Roy.       *En prenant le poignard, & le baisant.*
Voicy qui peut sauuer auec gloire infinie,
Celle qu'on vouloit perdre auec ignominie.
Toy qui croyois contr'elle auec toute rigueur,
Vser de tous les droits d'vn insolent vainqueur,
Tu n'auras que le tronc, & ta vengeance lâche
A l'honneur de Didon ne fera point de tache;
Elle a le cœur trop bon, trop grand, trop genereux,
Pour ceder au pouuoir d'vn tyran rigoureux.

  Compagne de ma suite & de mes infortunes,
Anne, à qui mes douleurs furent tousiours communes.
Chere & fidelle sœur, dont la tendre amitié
Excite seule icy mon ame à la pitié,
Les Dieux me sont témoins de la douleur extresme,
Que i'ay de te quitter t'aymant plus que moy-mesme
Et de te voir reduite à la necessité,
De dépendre auiourd'huy d'vn tyran irrité,
Si i'auois pû sauuer ces thresors qu'on m'enleue,
Les restes mal-heureux de cette pauure vefue,
I'aurois eu pour le moins de toy me separant,
Le plaisir de t'en faire vn present en mourant.
Mais ie ne puis plus rien en ce depart funeste,

Reçoy ces tristes pleurs, c'est tout ce qui me reste.
Traistre Pygmalion, frere dénaturé,
Et toy cruel tyran contre moy conjuré,
Voyez où vos fureurs dans leur rage inhumaine,
Ont reduit le destin d'une si grande Reyne.
C'est vous qui m'auez mis ce poignard à la main,
Et qui leuez mon bras, & qui percez mon sein,
Et vous Vrne sacrée où repose la cendre
De celuy qui m'a fait tant de larmes respandre,
Restes inanimez de mon fidelle Espoux,
Ie vous prends à témoins que ce iuste courroux,
Ce noble desespoir, & cette hardiesse,
Ne tendent qu'à l'effet de ma sainte promesse,
Ie vous conjure au moins voyant ma pureté,
D'apprendre mon histoire à la posterité,
Et tous les vrays motifs de ma mort genereuse,
Qu'on pourroit soupçonner estant si mal-heureuse.
Que si pour outrager mon honneur & ma foy,
L'imposture iamais s'éleuoit contre moy,
Tâchez de reprimer toute iniuste licence,
Et de iustifier par tout mon innocence.
Chers Manes de Sichée, ombre de mon Espoux,
Agréez cette mort qui me rejoint à vous,
Et qui me va donner dans les champs Elisées,
Les douceurs du repos qui me sont refusées.

K iij

# SCENE V.

## HYARBAS, ANNE, FENICE.

### HYARBAS.

IE suis donc sur le poinct, apres tant de froideurs,
De recueillir les fruits de mes chastes ardeurs.
Amour pour ce bien-fait d'eternelle memoire,
Ie promets d'esleuer mille autels à ta gloire.
C'est vous fidelle sœur qui m'auez procuré
Ce bon-heur infiny, ce bien inesperé,
C'est par vous seulement que mon ame est rauie,
Ie vous doy mon repos, mon honneur, & ma vie.
Enfin ie vous doy tout, vos soins officieux.

### FENICE.

Quel spectacle, que voy-je, ô Dieux, ô iustes Dieux!

### ANNE.

Fenice qu'auez vous?

### FENICE.

Voyez, voyez Madame,
Ce beau corps par son sang vient d'espandre son ame,
La mort n'a respecté ses attraits ny son rang,

Voyez le tout baigné dans vn ruisseau de sang.

### HYARBAS,

Ma Reyne !

### ANNE.

Ah ie me meurs, Fenice ie succombe,
Il ne faudra pour elle & pour moy qu'vne tombe.
Ah Reyne trop cruelle ! ah Roy trop mal-heureux,
Que ie pleins vos destins, ils sont trop rigoureux.

*Elle s'esuanoüit, & on l'enleue.*

### FENICE.

Que ie me plains moy-mesme en vn sort si contraire,
Enleuons-là d'icy, bons Dieux que doy-je faire !

### HYARBAS.

Ma Reyne est-il possible, en croiray-je mes yeux,
Et vous l'auez souffert, ô Dieux, iniustes Dieux !
Vous l'auez laissé faire, & dans cette auanture,
Qui deût estre fatale à toute la Nature.
Le Ciel dans son assiette est tousiours demeuré,
Et le Soleil d'horreur ne s'est point retiré,
Quoy tous les Elemens sans se faire la guerre,
En perdant ce thresor du Ciel & de la terre.
Encore l'vn à l'autre auec ordre enchainez,
Dans leur confusion ne sont point retournez.

K iij

Quoy ie voy tout en paix, & mon ame agitée,
Sera seule en desordre, & seule tourmentée ?
Il est iuste, il est iuste, en ce mal infiny,
Hyarbe a peché seul, il est le seul puny.
Souffre donc Roy cruel sans reproche & sans blâme,
Ce Vautour eternel qui déchire ton ame.
Souffre, & n'impute plus ce spectacle d'horreur,
Qu'au brutal mouuement de ta noire fureur.
Ce beau corps où le Ciel mit vn si grand courage,
Se voyant menacé de vengeance & d'outrage,
A fait pour s'en sauuer vn genereux effort,
Elle a craint l'infamie, & n'a pas craint la mort,
Et moy qui fais perir cette belle ennemie,
Doy-ie craindre la mort estant plein d'infamie,
Doy-ie sortir du gouffre ou i'ay precipité
Par mes lâches projets cette chaste beauté ?
Non, non, il faut mourir pour suiure sa fortune,
Mais il me faut souffrir dix mille morts pour vne.
Il faut que déchiré, que battu, qu'outragé
De mille coups mortels ie perisse enragé.
Trop parler de mourir, c'est trop aymer la vie,
Mourons donc, ton exemple ô Didon, m'y conuie,
Et ie mourrois content d'vn genereux effort,
Si sur Pygmalion i'auois vangé ta mort,
Mais apres tant de maux que seul il a fait naistre,
Croyons qu'vn coup de foudre accablera ce traistre.

Tirons de ce beau corps ce fer pernicieux,
Teint & fumant encor d'vn sang si precieux.
Sang iadis l'entretien de ce parfait visage,
De ce teint admirable, & de ce grand courage,
Qui t'a fait en ces lieux respandre indignementt
Que ie te trouue encore agreable & charmant.
Ce coup te mesle au mien, l'vnion est cruelle;
Mais on m'a deffendu d'en faire vne plus belle. Il se tuë.

**FIN.**

www.ingramcontent.com/pod-product-compliance
Lightning Source LLC
Chambersburg PA
CBHW060454260626
47161CB00005B/2098